Nota cette vente a été remise au mercredi 20.
jeudi 21 et vendredi 22 8bre.

8681

NOTICE

DES

PRINCIPAUX ARTICLES

DU CABINET

DE M. AUBOURG,

Dont la Vente se fera en la petite Salle vitrée de l'Hôtel de Bullion, rue Jean-Jacques Rousseau, n° 3, le mercredi 13 octobre et jours suivans, à cinq heures de relevée.

A PARIS,

Chez MM. {
DE BURE frères, Libraires de la Bibliothèque impériale, rue Serpente, n° 7;
CHARIOT, Commissaire-Priseur, hôtel de Bullion.

DE L'IMPRIMERIE DE CRAPELET.

1813.

Le Public est prévenu que la Vente du Cabinet de Curio-
sités de M. Aubourg se fera le 22 novembre. 1813, même
hôtel de Bullion, rue J. J. Rousseau.

Le Catalogue s'en distribuera les premiers jours de novembre,
et sera annoncé dans les journaux.

pierre -

mecquignon fils .

P.
Loiseau

mecquignon fils

P.

martin

pitet .

P.

De Beauneau

Dabin

plancher. Bib.

numismata. impt.

NOTICE

DES PRINCIPAUX ARTICLES

DU CABINET

DE M. AUBOURG.

N° I. 15 *vol. in-folio*, dont :

Dᴵᴄᴛᴵᴏɴɴᴀᴵʀᴇ de la Bible, par Calmet. *Paris,* 29 --95
1722, 4 *vol. v. b.*

Commentaire sur la Bible, par le même. *Paris,* 33 - 5
1724, 8 *vol. v. m.*

N° II. 17 *vol. in-folio*, dont :

Verona illustrata. *Verona*, 1732, *fig. m. r.* - - - 3 - 60

Médailles du cabinet de la reine Christine. *La* 5-- 15
Haye, 1742, *fig. v. m.*

Histoire de l'Abbaye de Saint-Denys, par Felibien. 12 - 15
Paris, 1706, *fig. v. b.*

Histoire de l'Abbaye de Saint-Germain-des-Prés, 3 - 90
par Bouillart. *Paris,* 1724, *fig. v. b.*

Gotha numaria, auct. Liebe. *Amst.* 1730, *fig.* 3
v. b.

Gruteri Inscriptiones antiquæ. *Ex offic. Comme-* 5-- 20
liniana, fig.

Th. Dempsteri de Etruria regali, lib. ᴠɪɪ. *Florent.* 11
1723, 2 *vol. fig. vél.*

Planches du Voyage d'Egypte, de M. Denon. *br. en* 141
carton. avec le texte in 4°.

Joan. Ciampini Vetera Monimenta. *Romæ*, 1690, 6 - 95
2 *vol. fig. v. m.*

Numismata aurea a comite de Caylus. 1 *vol. cart.* 20

A

N° III. 16 *vol. in-folio*, dont :

Histoire de Saint-Louis, par Joinville. *Paris*, 1668, *v. b.*

Les Décades de Tite-Live. *Paris,* 1617, 2 *vol. m. r.*

La Mer des Histoires. *Paris, Nic. Couteau,* 1536, *goth. v. f.*

N° IV. 19 *vol. in-folio*, dont :

Antiquæ urbis splendor. *Romæ,* 1612, *fig. vél.*

Un vol. relié en veau brun, contenant un grand nombre d'Estampes gravées en bois et en taille-douce, extraites de différens livres, dont plusieurs de Sadeler, etc. etc.

La Vie de saint Bruno, par le Sueur. 1 *vol. v. b.*

Mémorie intorno alle fabriche di Brescia. *In Brescia,* 1778, *fig. dem. rel.*

Géographie ancienne, par d'Anville. *Paris,* 1769, *fig. v. m.*

Bellorii Veteres arcus Augustorum. *Romæ,* 1690, *fig. v. b.*

N° V. 28 *vol. in-folio,* dont :

Muntingii Phytographia curiosa. *Amst.* 1711, *fig. vél.*

Galerie des Modes, et Costumes françois. *fig. dem. rel.*

Cornucopiæ, sive Ling. latinæ commentarii. *Venetiis, Aldus,* 1513, *v. b.* en très mauvais état.

Les Amours de Psyché, pub. par Landon. *Paris,* 1809, *fig. cart. Pap. Vél.*

Navigatio Hugonis Linscotani. *Amst.* 1614, *fig. dem. rel.*

Histoire des Indes occidentales, par Wytfliet. *Douay,* 1607, *fig. v. f.*

Comentarios de los hechos de los españoles, franceses, etc. en Italia, por Ant. de Herrera. *Madrid,* 1624, *v. f.*

Vases étrusques, par de maison neuve, paris, Didot, 2 vol. il fut atteint en plus-fig. au trait. pap. velin.

pierres.
p.
chariot.

chariot.
brunard

montfort.

truchy

la vie. guil.
memoire. C.

bellorii inst.

p.
fleury notaire.
p.
mr aubourg

brunand.

Hercologia. inst.
    trois rogni et imparfait de 2 filets
        de texte

prodromo. inst
Diccionario. C. inst.

il tesoro. inst

Dablancourt.
Barrois l'ainé.

M. huzard.

Brunard.
p.

pichard.
francois.

Brunard.
Mcquignon jn.

Veterum illust. philosophorum et poetarum ima- 6 -- 95
gines. *Romæ*, 1685, *fig. v. m.*
Heroologia anglica, hoc est clarissim. Anglorum 66 -- 5
effigies, vitæ et elogia, (aut. H. Holland.) *Lon-*
dini, 1620, *fig. v. f.* Rare.

N° VI. 31 *vol. in-4.* dont :

Traité anatomiq. de la chenille qui ronge le saule, 4 -- 20
par Lyonnet. 1762, *fig. br.*
Relation de l'Egypte, par Abd-Allatif, trad. par 11 -- 95
M. de Sacy. *Paris*, 1810, 1 *vol. br.*
Les Césars de l'empereur Julien, par Spanheim. 6 -- 5
Amst. 1728, *fig. v. b.*
Description et voyage de l'Arabie, par Niebuhr. 25 -- 95
Amst. 1774, 3 *vol. fig. v. m. et Dem. rel.*
Traité des Monnoies de France , par Le Blanc. 4 -- 20
Paris, 1690, *fig. v. b.*
Métrologie , par Romé de l'Isle. *Paris*, 1789, 2 --
fig. dem. rel.

N° VII. 28 *vol. in-4.* dont :

Prodromo delle antichita d'Ercolano, di Ant. 6 --
Bayardi. *Napoli*, 1752, 2 *vol. m. r. dent.*
Diccionario geographico. *En Madrid*, 1750, 2 *tom.* 8 -- 50
en 1 *vol. v. m.*
Théâtre des Cruautez des hérétiques. *Anvers*, 3 -- 85
1588, *fig. m. r. tra sala*
Historia Deorum fatidicorum. *Coloniæ*, 1675, *fig.* 2 -- 95
v. b.

N° VIII. 31 *vol. in-4.* dont :

Il Tesoro nummario britannico, di N. F. Haym. ~~4 -- 20~~
In Londra, 1719, 2 *vol. fig. v. b.* -- -- -- -- 12 --
Recherches sur la géographie des anciens, par 10 -- 50
M. Gossellin. *Paris, an VI*, 2 *vol. fig. br.*
Explication de divers monumens singuliers, par 5
dom J. Martin. *Paris*, 1739, *fig. v. m.*

ƒ. 4 - 10   Art de la verrerie. *Paris*, 1752, *fig. v. m.*
ƒ. 6 - - -   Mémoires sur l'Egypte, par d'Anville. *Paris*, 1766, *fig. v. b.*
6 - 6ƒ   Saggi di dissertazioni nella Academia Etrusca di Cortona. *In Roma*, 1735, 7 *vol. fig. v. m.*

N° IX. 29 *vol. in-4.* dont :

6 - 10   { Ant. Gallonius de Sanctorum Martyrum cruciatibus. *Parisiis*, 1660, *fig. v. b.* — Ejusd. Historia delle Sante Vergini romane. *Roma*, 1591, 2 *vol. fig. v. f.*
ƒ. 5 - -   Ariæ Montani Antiquitates judaicæ. *Lugd. Bat.* 1593, *fig. m. vert.*
ƒ 4 - -   Delle Caccie di Eugenio Raimondi. *In Napoli*, 1626, *fig. v. b.*
2 - -   Nucleus emblematum selectissimorum. *Coloniæ*, *fig. v. b.*

N° X. 30 *vol. in-4.* dont :

45 - 5 -   Nummi veteres, Musei Guil. Hunter. *Londini*, 1782, *fig. m. r.*
11 - - -   Catalogue des médailles de d'Ennery. *Paris*, 1788, *dem. rel.*
2 - -   Relation d'Abissinie, de Lobo. *Paris*, 1728, *v. b.*
3 - 5 -   Analyse de l'Italie, par d'Anville. *Paris*, 1744, *v. éc.* taché.
12 - 5o   Dictionnaire de l'Académie. *Lyon*, 1772, 2 *vol. v. m.*

N° XI. 32 *vol. in-4.* dont :

ƒ. 48 - 5o   Vies et œuvres des Peintres, pub. par Landon. *Paris*, 1805, 9 *vol. fig. cart.*
13 - 8o   Le Museum de Florence, gravé par David. *Paris*, 1787, 4 *vol. fig. en feuilles.*
4 - - -   Recueil de pièces obsidionales, par Duby. *Paris*, 1786, *fig. br.*
ƒ. 12 - 95   Viaggio di Gerusalemme. *In Roma*, 1587, *fig. v. m.*
ƒ. 2 - 3o   Camerarii Emblemata. 1595, *fig. v. éc.*

p.

martin.

francois.

p.

Le Roy

pillet.
Saussaye
Redon
Brebant.

p.

p.

aniæ. inst.
delle. y.

catal. inst. eMerl. xct

viaggio. y.
Camerani, & th. Det.

annales. C.

Le chevalier

françois.
p.

viaggi per. inst. Merl. et
viaggio. in grecia. C.

Brunacci
chariots
Brunacci.

huber
Redon
pichard.

symbola. inst.

(5)

Nº XII. 34 *vol. in*-8. dont :

Voyage de la Troade, par M. le Chevalier. *Paris,* 1802, 3 *vol. et atlas br.* 10 - 50.

Annales du Musée, par Landon. 22 *vol. fig. cart.* 100 - 50 *g.*

Description des Médailles grecques, par M. Mionnet. *Paris,* 1806, 5 *vol. fig. br.* 40 - *g.*

Nº XIII. 40 *vol. in*-8. dont :

Tableau des Révolutions de l'Europe, par Ancillon. *Berlin,* 1803, 4 *vol. br.* 4 - 50.

Catalogue de l'œuvre de Séb. Le Clerc. *Paris,* 1774, 2 *vol. br.* 3.

Viaggio per la Toscana, di G. Santi. *Pisa,* 1795, 3 *vol. br.* 7 - *g.*

Viaggio in Grecia, di S. Scrofani. *Londra,* 1799, 2 *vol. v. rac.* 5 - 50 *g.*

Nº XIV. 49 *vol. in-*8. *et in*-12. dont :

Dictionnaire historique. *Caen,* 1783, 9 *vol. in*-8. *v. m.* 13 - 95.

Histoire de l'Art chez les anciens, par Winckelmann. *Amst.* 1766, 2 *tom. en* 1 *vol. in*-8. *dem. rel.* 1 - 95.

L'art des Emblèmes, par le P. Menestrier. *Paris,* 1684, *in*-8. *fig.*

Recueil de Questions, etc. par Michaelis. *Francfort,* 1763, *in*-12. *v. b.* 3 - 80.

Nº XV. 32 *vol. in-folio,* dont :

Figures des Métamorphoses d'Ovide, gravées par Tempesta, et celles de Guill. Baur. 2 *vol. vél.* 5 - 5.

Recueil d'Estampes, par Est. de la Belle. *cart.* - - 4.

Symbola pontificum, imperatorum, etc. *Francof.* 1601, *fig. v. b.* 4 - *g.*

Diverse Figure da Annibale Caracci. *In Roma,* 1646, *dem. rel.* 6.

6 - - 5. Théâtre des Martyrs, par Luyken. *fig. oblong. v. m.*

3o - - — Les Images de tous les Saints de l'année , par J. Callot. *Paris,* 1636, *fig. v. m.*

2 - - — Antiquæ Statuæ urbis Romæ. *Romæ,* 1584, *fig. v. éc.*

3 - - 5o Ritratti di Pittori, Scultori , di Giorgio Vasari. *In Roma,* 1760, *fig. v. m.*

1 - - 5o Voyages de Corn. Le Brun en Perse. *Amst.* 1718, *fig. v. b. le tome second.*

1 - - 55 Sancti Justini Opera , gr. *Lutetiæ, Rob. Stephanus,* 1551, *vél.*

N° XVI. 24 *vol. in-fol. et in-4.* dont :

7 - - 95 { Recueil d'ouvrages curieux, par Grollier de Serviere. *Lyon,* 1719, *in-4. fig. v. m.*
Atrium heroicum cæsarum, regum, etc. *Aug. Vindel.* 1602, 2 *part. en* 1 *vol. in-fol. fig. v. b.*

4 - - — Recueil de Portraits, par Moncornet. *In-fol. v. b.*

4o - - — Voyage d'Egypte de Norden. *Paris,* 1795, 3 *vol. in-4. fig. cart. Pap. Vélin.*

7 - - 95 { Histoire des Huns, par de Guignes. *in-4. v. m. les tomes* 1, 2ᵉ *part.* 2 *et* 4.
— Du même ouvrage, *le tome* 2 *double.*

N° XVII. 37 *vol. in-4. in-8. et in-12.* dont :

3 - - 10 Amorum emblemata, studio Othonis Wænii, et ejusd. Amoris divini emblemata. 2 *vol. in-4. fig. v. m. et cart.*

2 - - 5o Alciati emblemata. *Antuerp.* 1581, *in-8. fig. v. m.*

2 - - 5 Lux claustri. *Paris.* 1646; et Devises et emblêmes d'Amour. *Paris,* 1658, 2 *vol. in-4. et in-8. fig. vél.*

26 - - 95 Recueil d'ornemens d'architecture dessinés en Italie, par Cotel. *in-4. v. f.*

8 - - 8o Figures de la Passion, par Séb. Le Clerc. *in-4. obl. v. b.* = Figures de chevaux, paysages, par le même. *in-4. obl. m. r.*

francart.
idem

p.
dablancourt.

p.
giraud.

Brunaud.

Brunaud.
Merlin

gregoire

p.

p.

mc huzard.

voyage. etherl. io+

alciati. iwt.

recueil. Bib.

Blaizot.

p-

pichard.

E. Deaumean

galerie C.

anecdotes. y.

monogrammes. inst.

iconologia. in. mironner. b+

p.

p.
th. Barrois

p.
th. Barrois.

p.

Différens sujets de marine, par Ozanne. *in-8. obl.* *4 - 15.*
v. m.

Figures de la Bible, par Tempesta. *in-8. v. b.* — — — *2 - 55.*

Treize volumes *in-8. et in-12.* de descriptions de villes d'Italie et autres, avec figures, qui seront détaillés. *9.*

N° XVIII. 26 *vol. in-8. et in-12.* savoir :

Figures pour les Annales du Musée de M. Landon. *in-8. sans texte, en feuilles.* *32 - 50.*

Galerie historique, par le même. 12 *vol. in-12. fig. en feuilles.* *59 - 95.*

Anecdotes des beaux-arts. *Paris,* 1776, 3 *vol.* *pet. in-8. br.* *8 — —*

N° XIX. 42 *vol. in-4. et in-8.* dont :

Holstenii annotationes geographicæ. *Romæ,* 1666, *m. r.* *2 —*

Dictionnaire du vieux langage françois, par La-combe. *Paris,* 1766, *dem. rel.* *2.*

Dictionnaire des monogrammes, par Christ. *Paris,* 1750, *fig. v. m.* *15 - 95.*

Orpheus Eucharisticus. *Parisiis,* 1657, *fig. v. m.* *1 - 50.*

Lithologia o explicacion de las piedras, por J. Vic. del Olmo. *En Valencia,* 1653, *in-4. m. r.* *6 - 95.*

Favole di Esopo. *In Venetia,* 1607, *in-4. fig. v. f.* *4 - 95.*

Traité sur le climat d'Italie. *Vérone,* 1797, 4 *vol. dem. rel.* = Mélanges d'histoire naturelle. *Paris,* 1806, 3 *vol. dem. rel.* *8 - 20.*

Denina, Revoluzioni della Germania. *Firenze,* 1804, 8 *vol. br.* *12.*

Iconologia di Cesare Ripa. *In Padova,* 1611, *in-4. fig. v. b.* *2 - 50.*

N° XX. 45 *vol. in-8. et in-12.* dont :

Traités contre le paganisme du roy - boit, par Deslyons. *Paris,* 1670, *in-12. v. b.* *2.*

T. 2 - - I quattro libri di Amadis di Gaula. *In Venetia,* 1558, *in-*8. *vél.*

3 - 95 Verona illustrata. *In Verona,* 1732, 3 *vol. in-*8. *vél.*

T 1 - 50 L'origine des dieux du paganisme, par Bergier. *Paris,* 1774, 2 *vol. in-*12. *v. m.*

8 - 95 Relation des campagnes du général Bonaparte en Egypte, par Berthier. *Paris, l'an* VIII, *in-*8. *br. Gr. Pap. Vél.*

6 - - Voyage dans l'Asie mineure, par Chandler. *Paris,* 1806, 3 *vol. in-*8. *br.*

N° XXI. 47 *vol. in-*12. dont :

3 - 10 Relation de l'Ethiopie occidentale, par Labat. *Paris,* 1732, 5 *vol. v. éc.*

3 - — Voyage de Des Marchais en Guinée. *Paris,* 1730, 4 *vol. fig. v. b.*

T. 2 - 20 Relation des voyages de Th. Gage. *Amst.* 1720, 2 *vol. fig. v. b.*

2 - — Histoire du ciel, par Pluche. *Paris,* 1739, 2 *vol. fig. v. m.*

4 - 60 { Dialogue d'entre le maheustre et le manant. 1594, *parch.*

Proposition d'une mesure de la terre, par d'Anville. *Paris,* 1735, *v. m*

D. 2 - - { Ciceronis de Oratore lib. III. *Venetiis, Aldus,* 1554, *parch.*

Lettere volgari di diversi autori, libro primo. *In Venegia, Aldo,* 1544, *v. b.*

2 - — Œuvres du marquis de Villette. 1786, *in-*18. *mar. r. Ces œuvres sont imprimées sur papier d'écorce de tilleul, de guimauve, et autres plantes.*

N° XXII. 40 *vol. in-*8. *et in-*12. dont :

7 - 85 Manuel typographique, par Fournier. *Paris,* 1764, 2 *vol. in-*8. *fig. br. rogné.*

4 - 15 Mémoires pour servir à l'histoire de France, par

Saulaye

Merlin   relation. Merl. am[t]

pillet.

Saulaye

idem

p.

francart.

                                          proposition. inst.

Merlin

                                          œuvres. Mer. ai[t]

panard.
chariot.

                                          Memoires. Mer. 20[t]

p.

p.

avec ptolemée aulets. un vol.

p.

dictionnaire. m. feuil. bien bon marché. Mer. prꝰᵗ

estampes. guil.

(9)

de l'Estoile. *Cologne*, 1719, *2 vol. in-8. fig.
v. b.

Voyage d'Italie de Spon. *La Haye*, 1724, 2 *vol.*
in-12. fig. v. j.

Chr. Breithaupti ars decifratoria. *Helmstadii*,
1737, *in-12. cart.*

Ph. Labbe Notitia dignitatum imperii romani.
Parisiis, 1651, *in-12. v. b.*

Annales d'Espagne et de Portugal, par Colmenar.
Amst. 1741, 8 *vol. in-12. v. m.*

N° XXIII. 36 *vol. in-8.*

Dictionnaire pour l'intelligence des auteurs classi-
ques, par Sabbathier. *Châlons*, 1766, 36 *vol. br.*

N° XXIV. *Un vol. in-folio.*

Estampes gravées à la Chine , représentant les
fêtes de l'abondance à l'occasion de l'anniver-
saire de la naissance de l'empereur Khian-Loung.
L'on y voit différentes parties de la ville de
Pékin.

FIN.

Les Livres seront exposés dans l'ordre qui suit :

Le mercredi, 13 octobre 1813.

Les n°s VII, IX à XVI. — — — — — — — —

Le jeudi 14.

Les n°s XVII à XXIV. — — — — —

Le vendredi 15.

Les n°s VI, VIII, I à V. — — — — — — —

On commencera chaque Vacation par un grand nombre
de Livres qui ne sont point annoncés sur la Notice.